청보리밭

청보리밭

김영성 작품집

쏠트라인
SALTLINE

■ 머리말

겨울 이야기 『눈꽃』에 이어 봄 이야기를 출간하려 하였으나 『지역농협의 이해』 『협동조합의 역사』 출간을 준비하면서 그 시기를 놓쳤다.

그래서 봄과 여름의 계절 상황이 겹쳤다.

수필은 그동안 간간이 써 놓았던 삶의 경험담과 나의 생각을 실었다.

아무쪼록 독자 여러분의 소중한 시간에 사진도 감상하면서 여유를 갖고 긴장을 푸는 데 조금이나마 도움이 되었으면 하는 바람이다.

2024. 10. 12. 김영성

차 례

■ 머리말

1부

012 2월 소식

014 삶의 답은 없다

016 산수유山茱萸

018 권모술수

020 매화마을

022 모순矛盾의 시대

024 매실항아리

026 각자위정各自爲政

028 기다림

030 마음을 깨우치는 삶

032 풀꽃

034 가림

2부

038 3월의 노래

040 인생은 방향

042 꽃등

044 열등감의 극복

046 복사꽃

048 보여지는 것

052 산벚꽃 핀 날

054 접촉과 건강관리

058 나비꽃

060 통찰력

064 산행

066 체취體臭

3부

070 유채꽃

072 맛집 알아두기

074 아이스크림

076 반려견 관리

080 사랑의 꽃

082 노래강사 이야기

084 철쭉

086 회복回復

090 나팔수 아가씨

092 노인들은 외롭다

094 애달픔

096 가로수

098 취미생활과 경비

4부

102 둘이라면

104 목표설정과 성취기원

106 청보리밭

108 우리나라 정치 현실을 보면서

110 일을 끝내고

112 노을

114 협업協業

116 저울

118 벌초

120 민주주의

123 신이 존재한다고 보는가

128 카라

130 골목등

1부

2월 소식

아직은 추위를 걸치고
몸도 마음도
움츠리는 시간

눈 서리 속을 헤치고
매화꽃 활짝
봄소식 물고 왔네

우선은 추워도
저 멀리서 봄 아가씨들
무리 지어 오고 있다고

작은 눈 초롱하게 뜨고
희망의 꽃이 되어
향기로운 소식 전하네

삶의 답은 없다

학교에서부터 우리는 답을 구하는 훈련을 해왔다. 선생님이 말하는 것이 답이고 그에 따라야 했으며, 또 그게 답인 줄 알았다.

그러나 사회에 나오면 또 다른 답을 요구한다. 그리고 그 답이 수시로 변한다. 이런 과정에서 갈등을 겪고 방황도 경험한다.

물론 세상을 살아가려면 원칙이 있고 상식이 있으며 규칙이 있다. 무작정 혼자 생각대로 살아갈 수는 없다.

일정한 테두리 안에서 법과 규칙에 따라야만 가정이라는 작은 조직에서부터 국가라는 큰 조직으로 연결되어 혼란 없이 살아갈 수 있다.

우리는 살아가면서 항상 정답을 강요받는다. 그 결과로 항상 그 정답을 찾아 고심을 거듭한다.

이런 과정에서 "나의 생각이 정답"이라고 주장하기도 하고, 남에게 일러주기도 하며, 간섭하면서 따르기를 원하기도 한다.

그러나 세상살이에 있어 경우의 수는 너무 많다. 내가

주장하는 방책이 다른 사람에게는 안 맞을 수도 있고, 오히려 잘못될 경우도 있을 것이다.

그렇다고 남의 말을 모두 무시하라는 것은 아니다. 남의 경험이나 생각에서 진정한 나를 발견할 수 있기 때문이다. 달리 말하면 이 세상 모든 것이 나의 스승이요 가르침일 것이다.

내가 고심하여 생각한 해결 방도나, 완전하다고 결정한 사항도 여러 방법 중에 하나일 뿐이라는 것이다. 즉 내가 생각하지 못한 또 다른 답이 존재할 수 있다는 것이다.

오늘도 "남이 정답이라고 내놓은 것을 무작정 외우고 베껴 쓰며 따라가고 있는 것은 아닐까?"하고 생각해 보는 시간이 되었으면 한다.

삶에 답을 찾아 헤매는 자신을 되돌아보면서 철학적인 주제를 내놓아 보았다.

산수유山茱萸

노랑이 물든 가지에
황금이 주렁주렁

눈으로만 즐겨보는
그림 같은 보물

그대 방에 걸어 놓고
횡재를 기원할까

산수유꽃 만발한 골에
황금빛이 물들어

세상이 빛난다
마음까지 황금빛 되어

권모술수

권모술수權謀術數는 마키아벨리즘과 거의 같은 뜻으로 쓰이며 정치적인 책동이나 술책, 임기응변적인 책략 등의 뜻이다. 권력의 획득·유지·증대를 위해서는 수단을 가리지 않고 오히려 결과의 정당성에 의해서 수단이 갖는 반도덕성을 정당화한다는 내용을 가진 일종의 전술개념이다.

권모술수란 말은 중국에서 오래전부터 전해져 내려오면서 사용된 것으로 보고 있으며, 소태산 대종사에서 언행을 받들도록 기록한 대종경에도 나오는 말이라고 한다.

여기에서 "권모술수로 얻은 명예는 권모술수로 당한다."고 했으며, "인도와 인의가 주제요, 권모술수는 그 끝"이라 하였다. 따라서 권모술수가 횡행하면 대도가 지위를 잃어 세상이 어지러워진다는 것이다.

권모술수는 목적달성을 위해 수단과 방법을 가리지 않고 모략이나 술책을 사용한다는 의미이다. 권모權謀는 권세權勢와 모략謀略을 뜻한다.

일반적으로 부정적인 의미에 많이 쓰이는 말이지만, 어

떤 상황에 잘 대처하는 수완이나 지혜의 의미로 사용될 때도 있다

비슷한 말로는 권모술책權謀術策, 책략策略, 꼼수, 공작, 계략 등이 있다.

권모술수 하면 《군주론》의 저자이면서 근대 정치철학의 기반을 만든 마키아벨리를 빼놓을 수 없다. 그는 정치를 현실적인 관점에서 "목적을 달성하기 위해서는 수단과 방법을 가리지 않아야 된다."라고 하였다. 마키아벨리즘으로 비판받기도 하지만, 그럼에도 오늘날 마키아벨리의 사상이 중요하게 평가받음은 부인할 수 없다.

권모술수는 상대방의 믿음을 이용해 그 믿음을 배신하고 자신의 정치적 이익을 얻는 방법이라 할 수 있다.

지금의 정치 현실을 보면서 권모술수가 난무하는 세상이라는 것을 실감한다. 속이고 속는 현실이 안타깝기만 하다.

오늘도 우리는 객관적인 현실을 보지 못하고 각종 정보나 정치가의 발언에 속고 있지는 않은지 생각해 보는 시간을 가졌으면 한다.

매화마을

매화꽃 만발하던 날
꽃잔치 열렸네

길목마다 먹을거리로
유혹하는 상인들

멀리 울려 퍼지는
행사장의 노랫소리

몰려든 구경꾼들도
매화꽃가지도 덩달아
한껏 무르익어

매화마을 들썩들썩
꽃잔치 열렸네

모순矛盾의 시대

단어의 구성과 뜻을 풀이해보면 창 모矛와 방패 순盾을 써서 모순矛盾이라고 한다. 어떤 사실의 앞뒤, 또는 두 사실이 이치상 어긋나서 서로 맞지 않음을 이르는 말로 흔히 사용한다. 이는 말이나 행동의 앞뒤가 서로 일치되지 아니함을 말하기도 한다.

어원을 찾아보면 중국 초나라 사람 중에서 방패와 창을 파는 자가 있었다고 한다. 그는 방패를 팔면서 이렇게 말하였다. "이 방패는 견고해서 그 어떤 창으로도 뚫을 수 없다."라고 하였다. 다시 창을 들어 팔면서는 "창은 날카롭고 단단해서 그 어떤 방패도 뚫을 수 있다."라고 설명하였다. 이를 지켜보던 사람이 그에게 물었다. "그렇다면 당신의 창으로 당신의 방패를 찌르면 어떻게 될까?" 그러자 그 장사꾼은 어떤 대답도 할 수 없었다. 결론적으로 뚫을 수 없는 방패와 무슨 방패이든 뚫을 수 있는 창은 양립할 수 없음을 말하는 것이다.

이 이야기는 《한비자韓非子의 난일難一》에 나왔다. 한비자는 요堯의 명찰과 순舜의 덕화를 서로 비교하기 어렵고,

동일한 관점에서 가릴 수 없다는 것을 설명하기 위함으로 모순의 비유를 들었다.

예를 들어 비리를 보면 참을 수가 없다고 말하면서 자기는 비리를 저지르는 경우이다. 자기가 저지른 비리의 모순은 합리화하거나 덮어버리려 하고 남의 비리와 모순은 들춰내는 지금의 세태와도 걸맞은 것 같다.

세상을 살아가면서 이러한 사례는 많이 경험해 보기도 하고 남을 통해 느끼기도 한다.

완전무결完全無缺하다는 말을 함부로 사용할 수 없게 되는 세상으로 바뀌어 버렸다.

특히나 요즘 같은 경쟁사회에서는 더욱 그렇다. 필요는 계속적으로 새로운 발명을 낳는다고 했다.

이 격언에서처럼 우리가 모순된 삶이나 생각을 하고 있지는 않은지 각자가 생각해 보는 시간을 가졌으면 한다.

매실항아리

홍매화 붉게 핀
섬진강변 매화마을

매실나무만큼이나
항아리도 많아라

항아리들이 제각기
몸 안에 매실을 품어

발효의 날들을 지나
먹을거리로 꺼내놓으니

밥상에서 다시금 펼쳐지네
섬진강변 매화마을

각자위정各自爲政

각자위정各自爲政이란 저마다 스스로 정치를 한다는 뜻이다. 각자의 생각대로 정치를 한다면 국가가 크게 혼란스러워 안위가 어렵게 될 수 있다는 뜻으로 풀이해 본다.

이 이야기는 좌전左傳 선공宣公에 나와 있다. 좌전左傳은 중국 춘추시대에 나온 책이다.

중국 춘추시대 송宋나라와 진晉나라 사이가 좋았으나, 송나라와 초楚나라는 사이가 안 좋았다. 이에 초나라 장왕莊王은 힘을 과시하기 위하여 자신의 동맹국인 정鄭나라로 하여금 송宋나라를 치게 하였다. 이때 宋나라의 대장 화원華元은 정鄭나라와 결전을 앞두고 군사들의 사기를 돋우기 위해 특식으로 양고기를 먹였다.

송나라의 군사들은 모두 음식을 맛있게 먹었지만, 화원의 마차를 모는 양짐羊斟은 이 고기를 먹지 못했다. 옆에 있던 한 부장군副將軍이 화원에게 그 이유를 물었다. 화원은 대답했다. "마차부 따위는 전쟁과는 아무런 관계가 없으니, 마차를 모는 사람은 양고기를 먹일 필요는 없다."라고 대답하며 참견하지 말라고 경고하였다.

다음날 두 나라의 군대 간에 접전이 이루어졌다. 화원은 양짐이 모는 마차 위에서 宋나라의 군대를 지휘했다. 두 나라의 군사가 치열한 전투를 하였지만 승패가 나지 않았다. 화원이 마부 양짐에게 "마차를 적의 병력이 허술한 오른쪽으로 돌려라!"고 명령하였다.

그러나 마부 양짐은 정鄭나라 군사가 밀집해 있는 왼쪽으로 마차를 몰아버렸다. 이에 당황한 화원이 소리를 질렀다. "아니! 왜 반대로 가느냐?" 이에 마부 양짐은 대답했다. "어제 양고기를 판단하여 먹인 것은 장군 생각이었으나, 오늘은 저의 생각대로 한 것입니다."라고 말했다.

결국 양짐이 몰았던 마차는 적에 포위되어, 송나라의 대장인 화원은 포로로 잡히고 말았다.

그 결과 정나라 군사는 대승을 거두었으나, 반면에 마부 양짐의 반발로 송나라 군사는 대패를 당하고 말았다.

이 일화를 보면서 지금의 우리 정치현실이 아닐까 하는 생각이 든다. 나라의 안위는 없고 오직 자기편이나 자신의 이해관계 그리고 국가이념에 반하는 말과 행동으로 국가를 혼란으로 이끌어가는 현실이 안타깝다.

진정한 지식인이라면 개인감정이나 지역감정 등 한 국면만을 볼 것이 아니라 국가를 걱정하고 염려하는 마음으로 통찰력을 가졌으면 하는 바람이다.

기다림

줄서기는 기다림
입장할 때도
통과할 때도
일 처리를 할 때도

기다림에서
대화가 있고
생각이 있고
초조와 긴장이 있다

우리 인생도
기다림이 아닐까
줄서기가 아닐까

마음을 깨우치는 삶

세상의 사물은 사람마다 보고 느끼고 생각하는 바에 따라 많은 차이가 날 수 있다. 보는 시각에 따라 느낌이나 생각이 다르게 나타날 수 있다는 것이다.

또한 자신이 처한 상황에 따라서도 감정이 달라질 것이다. 예를 들어, 겨울에 내린 눈이 쌓여 있으면 아이들에겐 동심을 유발하지만 이를 치워야 하는 어른 입장에서는 짜증이 날 수도 있다.

세상을 좋게 보면 한없이 행복해진다. 그리고 감사의 마음이 생길 것이다.

반면에 세상을 비뚤어진 생각으로 보면 불만의 요소들만 보이리라 본다. 모든 게 잘못된 것처럼 보이고 나쁘게만 생각될 수 있다. 이런 마음 상태에서 가장 피해를 입는 사람은 자신이다. 그리고 다음으로 가까이서 상대하는 사람들이다.

세상일은 원하는 대로 이루어지거나 삶이 평탄하지만은 않다. 사계절이 있어 순환하듯 우리 인간의 삶도 굴곡과 변화가 있다. 기분 좋고 즐거운 날이 있는가 하면, 때로는 고통스럽고 슬픈 날도 있다.

세상일이 모두가 바라는 대로 이루어진다면 그게 오히려 잘못된 삶이라고 한다. 일에는 일정한 한계가 있는 것이다. 경쟁에서 모두가 이길 수는 없는 것이다. 누군가는 이기고 누군가는 지는 사람이 있어야 하는 것이다.

잘사는 사람과 못사는 사람, 잘생긴 사람과 못생긴 사람, 일을 잘하는 사람과 못하는 사람, 공부를 잘하는 사람과 못하는 사람, 착한 사람과 악한 사람 등 수많은 부류의 사람들과 어울림 속에서 진정한 삶이 이루어지지 않나 생각한다. 이런 어울림 속에서 조그마한 행복도 큰 행복으로 느끼며 사는 것이 슬기로운 삶이라 생각한다.

행복은 물질적인 것에서 찾기보다는 정신적인 만족감에서 비롯됨을 깨우쳐야 한다.

내가 가진 만큼에서 만족을 찾고 긍정적으로 세상을 볼 때 한없는 행복감에 빠지리라고 본다.

진정한 행복이 내 마음에서 비롯됨을 지각하는 것이 참된 삶의 지혜라고 본다.

풀꽃

저마다 깨끗한 얼굴로
순한 미소를 짓는다

관심 없는 곳에서
따스한 햇살을 받아

무리를 지어 핀,
여린 꽃들

그들만의 세상에서
활짝 핀 얼굴들

말쑥한 표정으로
평화로운 미소를 피운다

가림

우리가 일상생활을 하면서 무엇에 가렸다는 말을 많이 한다.

속담에 있어서도 "귀신(이) 씌다.", "눈에 콩깍지가 씌었다." 등처럼 여러 가지 말로 표현되기도 한다.

무엇에 가렸다고 할 때는 눈으로 보는 것만을 의미하지는 않는다. 정신이 혼란스러울 때, 올바른 판단이나 생각을 못해 실수를 하는 경우 등에도 적용될 수 있다.

이런 사례들은 수없이 많다. 여기에서 몇 가지 예를 들어보면 다음과 같다.

심마니가 산삼을 캐러 갔으나 부정을 탔다거나 정성이 부족하여 앞에 있는 산삼이 보이지 않았다는 일화도 옛날 이야기에 자주 등장하는 스토리이다.

때로는 헛것이 보이는 것처럼 순간적인 착각으로 사고를 당하기도 한다.

결혼 적령기에 선을 보러 갔다가 미모 등 어느 한 가지에만 반해 결혼했다가 여러 가지 조건이 맞지 않아 살아가면서 후회하는 경우도 있다.

각종 시험을 보러 가서 열심히 외웠던 부분이 가물가물하여 문제의 답을 틀려버리는 경우도 있다.

여기에서 말하고 싶은 것은 심각한 정신적 가림현상이다. 이에는 굳어진 고정관념이나 선입견이 있고, 세뇌되어 마음에 새겨진 이념이나 사상 등이 있다. 여기에 가려져 버리면 상대편의 반대되는 생각이나 감정을 전혀 이해하려 하지 않는다.

지금의 우리나라 현실이 아닐까 하는 생각을 하면 참으로 안타깝기만 하다.

세뇌라는 게 어떤 특정장소에서 교육적으로 이루어지는 줄 알았다. 그러나 그게 아니라는 것을 뼈저리게 느낀다. 지금은 일상에서 수시로 겪는 현상이 되어버렸다. 각종 매스컴을 통한 유언비어, 가짜뉴스, 편파뉴스, 조작뉴스, 길거리에서 버젓이 벌어지는 비방적인 퍼포먼스 performance, 모략謀略적인 단어 유포, 각종 문학작품이나 영화 등을 통한 비방 또는 사상 주입 등 헤아리기가 어려울 정도의 갖가지 방법으로 사회가 혼란스러워졌다고 본다.

이처럼 듣고 보는 것은 국민 각자의 생각에 너무도 큰 영향을 준다는 것이다.

눈에 보이는 것의 가림은 해결이 가능할 수 있다. 그러나 정신적인 가림은 해결이 어렵고 결국에는 장래가 암울할 수도 있다.

마음의 가림을 치우기 위해서는 객관적인 생각을 가지려고 노력해야 한다고 본다. 객관적인 생각의 근거로는 사실의 진위여부, 현실적인 영향, 상식, 정의, 도덕적인 관념, 국가의 안위, 사회의 안위, 개인의 안위 등 많은 환경과 관점이 고려되어야 하리라고 본다.

누군가의 선동에 따라 무작정 따라가기 보다는 자신에 대해 돌아보고, 국가와 사회를 돌아보아야 할 때라고 생각한다.

국민 모두가 건전한 정신을 가질 때 우리나라는 강대국이 될 것이고, 부와 평화를 맘껏 누릴 수 있을 것이라고 본다.

생각이 다르다고는 하지만 국가 이념까지 맘대로 바꿔서 주장할 수 있는 것은 아니다.

지금의 현실에서 우리 모두가 이 점에 대해 다시 생각해 보고 고민하여 볼 때라고 본다.

2부

3월의 노래

냉기 어린 살바람에도
진달래 봉오리
목대 올려 노래하네

움츠린 내 가슴
연분홍 미소로 녹이며
3월을 노래하네

덜덜 떨던 시간들
까마득히 잊어버렸나
봄노래가 몇 절째인가

계절의 시작점에서
잠긴 내 목소리
저절로 가다듬어지네

인생은 방향

나는 2년째 속담과 격언 또는 명언을 연구하고 있다. 처음 시작할 때는 대수롭지 않게 생각하고 덤볐으나 갈수록 어렵고 광대하다는 것을 새삼 느낀다. 그리고 이들 속에 삶의 철학까지 스며들어 있다는 것을 새삼 깨닫는다.

명언 중에 "인생은 속도가 아니라 방향이다."이라는 말이 있다. 이 말에 대해 각기 해석이 분분하지만 나름 생각을 제시하려고 한다.

나는 중학교나 고등학교 때 어려운 수학 때문에 골머리를 앓았다. 수학공식도 많아서 외우기도 어렵지만 이를 순간 종합적으로 판단하여 문제를 풀어야 한다. 여기에서 방향성이 나온다. 어느 부분의 공식을 대입하거나 적용할 것인지에 대한 정확한 판단이 앞서야 문제를 무난히 풀어갈 수 있다. 문제에 대한 해결 공식을 모른다면 초조한 시간만 마냥 흘러갈 뿐이다. 이때 푸는 공식이나 방식을 알았다면 빠른 계산법이 따라야 한다. 방향 다음에 속도인 것이다.

우리 인생도 마찬가지이다. 잘못된 길로 제 아무리 노

력하고 서둘러도 결과에서 엉터리로 일이 처리되었거나 헛수고만 하고 마는 경우를 우리는 흔히 겪는다.

따라서 우리는 올바른 방향잡기에 고심하여야 한다. 방향잡기에서는 유혹, 게으름, 흥분, 잘못된 조언, 착각, 아집 등 우리가 다 열거하기 어려울 정도의 방해물들이 도사리고 있다.

많은 고심에 의한 판단, 조언, 모니터링, 반성, 부단한 연구 등을 통해 올바른 방향 잡기에 노력하여야 한다.

수학문제 풀기에 있어 올바른 공식을 적용한다면 정답을 가져오겠지만 틀린 공식을 적용하면 오답을 만들 뿐이다. 결과에 있어, 많은 문제를 빨리 풀었다는 것도 중요하지만 정답을 얼마나 얻었는지가 더 중요할 수 있다.

우리 인생의 성과에 있어서도 마찬가지라고 본다.

하는 일에 무조건 서두를 것이 아니라 지금 내가 열심히 하고 있는 일들이 올바른 방향으로 가고 있는지에 대해 이 시간을 통해 뒤돌아보는 시간이 되었으면 한다.

꽃등

달려 나오듯
앞서거니 뒤서거니

어여쁜 등 밝히고
노란 빛 발한다

경쟁이나 하듯이
쏟아져 내린다

할 말 있다는 듯
대지를 밝히며 서 있다

열등감의 극복

사람은 태어나서 성장하다 보면 남과 부대끼면서 비교도 하게 되고 자신만의 약점이나 흠점을 발견할 수 있다. 이는 남에게 말할 수 없는 자신만의 고민이 되기도 하고, 남들에게 노출되어 놀림거리가 되기도 한다.

세월 따라 나이를 먹고 이제 뒤돌아볼 여유를 가진 나에게는 정말 부질없는 고민이었다는 게 느껴진다. 특히나 사춘기에는 신체적 변화가 나타나면서 괜스레 고민에 젖어든다. 이런 고민을 부모나 친구 등에게 털어놓기도 하지만, 끝까지 말 못하고 숨겨둔 역린 같은 것도 있다.

그러나 정작 다 털어놓으면 웃음밖에 나오지 않는 것들이 대부분이다. 그래서 권하고 싶은 것이 부모, 교사, 친구, 전문가(의사, 약사, 변호사, 교사, 상담사 등), 평소 친하게 지내는 지인 등을 찾아 시원하게 털어놓고 고민을 해결하라는 것이다. 이것을 숨기고 놔두면 자신의 열등감으로 작용하여 모든 일에 소극적으로 임하거나 포기함으로써 자칫 자신의 발전에 걸림돌이 되어 버릴 수 있다.

이런 열등감을 극복해야 자신감 있게 자신의 인생을 펼

쳐나갈 수 있을 것으로 본다.

요즈음 유튜브의 발달로 갖가지 신체장애를 극복하는 장면들을 많이 보여주고 있다. 한 예로 두 팔이 없어도 발로 밥을 먹고 글을 쓰는 등 발로 손이 하는 기능을 척척 잘하는 것을 보고 감탄하지 않을 수 없었다. 이렇게 신체장애를 극복하면서 피나는 노력으로 살아가는 모습에서 우리 정상인들은 과연 무엇을 얼마나 할 수 있을까? 안일한 삶에 젖어 좀 더 편하려고 남을 괴롭히거나 허송세월에 그저 시간만을 보내는 자는 없는가? 그러면서 자신을 놀리는 남을 욕하고 자신의 약점을 한탄만 하는 자는 없는가? 오히려 자신의 약점이나 열등감을 드러내놓고 이를 극복하는 것이 인생의 성공비결이 아닐까 생각해 본다.

누구나 어느 한 분야에서는 남보다 뛰어난 훌륭한 전문가나 기능인이 될 수 있다. 이로 인하여 자신의 약점이 가려지고 장점이 크게 부각되어 남으로부터 추앙받는 인물이 될 수 있다.

열등감을 가지고 고민하거나 주저하는 만큼 내 인생은 퇴보와 불행으로 괴로워질 것이다.

열등감, 이제 훨훨 털어버리고 자신의 목표를 향해 힘차게 뛰어가 보자. 열등감을 딛고서 우뚝 일어섰을 때, 비로소 행복하고 보람찬 자신의 미래가 펼쳐질 것이다.

복사꽃

혼기를 넘긴 처녀인가
복숭아밭에 복사꽃
날 넘게 피었다

꽃을 바라보는 나도
설레는 가슴을 활짝 열었다

열린 가슴으로 들어온
봄바람이 간질거린다

복사꽃 연분홍 꽃잎
그리움의 시간으로 흩어진다

보여지는 것

우리가 눈을 뜨면 보여지는 것들이 있다. 의도하든 의도하지 않든 자연스럽게 보인다.

이렇게 보여지는 것이라도 인간의 눈으로 보는 것에는 한계가 있다. 시각에서 벗어난 부분은 볼 수가 없다. 또한 가려진 부분도 볼 수 없고 멀리 떨어진 것일수록 식별력이 떨어진다. 가까운 것도 자세히 보지 않으면 보이지 않는다. 보여도 인식하지 못한 채 지나쳐 버린다.

보이는 속도에 따라 보지 못하는 경우도 있다. 총알은 워낙 빠르기에 보이지 않는다. 인위적이든 자연적이든 빛의 반사 등에 의해 방해를 받아 보지 못할 수도 있다.

빛이 너무 밝아도 보지 못하고, 반대로 너무 어두워도 보지 못한다. 개인의 시력 차이에 따라 잘 보일 수도 있고, 잘 보이지 않을 수도 있다.

본다는 것에도 이처럼 여러 가지 조건과 제약이 따를 수도 있다. 인식이 가능한 시력 정도만 볼 수 있다. 본다는 것은 다분히 의도적인 부분도 있지만 대부분이 그렇지가 않다. 보고 싶어서 보는 게 아니라 자연스럽게 보여지는 것이다. 더 중요한 것이 있다. 마음이 없으면 눈앞에 중요한 것도 지나쳐 버린다. 마음의 눈이 가려졌다고 할까? 예를 들어 금반지가 길거리에 떨어져 있을 때, 보는 이도 있지만 다른 생각을 하느라 지나쳐 버리는 사람들도 있을 것이다. 정신을 어디에 집중하여 보느냐에 따라 사물의 인식 정도도 달라진다는 것이다. 보는 것도 또는 보여지는 것도 우연일 것 같지만 우리와의 인연일 수 있다. 인연이 아니면 그냥 지나쳐 버릴 것이지만 인연이라면 보면서 어떤 깨달음이나 영감을 얻을 수 있을 것이다. 모든 사물은 어찌 보면 나와의 연관 속에서 보이는 것이 아닌가 생각한다.

그 예로 징크스가 있다. 뱀을 보았더니 재수가 없었다는 등 무엇을 보았더니 재수가 있었다는 등 많은 이야깃거리가 있다.

무엇을 보고 어떻게 인식하느냐에 따라 나의 운명도 바뀔 수 있고 뜻밖의 생각도 일어날 수 있다고 본다.

아이작 뉴턴은 떨어지는 사과를 보고 만유인력의 법칙을 발견하였다. 아르키메데스는 사람이 욕조에 들어가면 물이 차오르는 것에 착안하여 물질의 밀도에 따라 비중이 다르다는 것을 발견하였다.

보이는 것에는 착시현상과 같이 어떤 조건에 의하여 왜

곡되어 보이기도 한다. 또한 눈속임을 이용한 흥행 마술도 있다.

생각을 정리하고 오늘 보여진 것들을 되돌려 보자. 거기에서 무엇을 느끼고 또 어떤 생각을 얻었는지 되새겨 보자.

우주의 자연섭리와 심오한 메시지가 담겨 있을 수 있다.

보여지는 것은 모두 자신과 관련이 있다는 것을 말하고 싶은 것이다.

눈을 뜨면 보여지는 것들에 대해 곰곰이 생각해 보는 시간을 가져보자.

보여진다는 것은 어떤 의미일까?

산벚꽃 핀 날

봄마다 청춘인가

연파랑 옷을 걸치고
분위기를 잡더니

주변을 밝히듯
밝은 미소를 뿌리네

늙은 산골짜기도
청춘을 입었나

산벚꽃 활짝 핀 날
온 산이 환해졌다

접촉과 건강관리

감기 등을 일으키는 바이러스는 공중전파가 가능하다. 그러나 대부분의 병원균이나 기생충 등의 전염은 접촉에 의해서 일어날 수 있다.

사람마다 자신의 몸에 해로운 균이나 기생충을 지니고 있다. 각종 전염병을 일으키는 병원균도 마찬가지이다.

유해균이나 기생충 등은 전파력이 있어 가까이 할 경우 감염될 우려가 크다.

침투한 균은 몸의 저항력으로 이겨내기도 하지만 감염이 되어 문제를 일으키면 심각한 질병을 가져올 수 있다.

이런 점에 착안하여 건강의 염려 차원에서 몇 가지 실천 내용을 권하고 싶다.

첫째 깊은 키스의 자제이다. 남녀 간에 애정이 깊어지면 입안에 침을 교환할 정도로 깊은 키스를 한다. 사랑의 열기가 솟구칠 때에는 자연스럽게 이루어지는 행위이다. 그러나 자기 몸에 이상이 있다거나 꺼림칙하다면 자제하여야 할 것으로 본다. 입술이나 볼에 가벼운 키스 정도로 그쳐야 하지 않을 까 생각한다.

둘째 음식섭취의 문제이다. 옛날 생활이 어려운 배고픈 시절에는 큼지막한 그릇에 밥을 비벼서 식구들끼리 같이 맛있게 먹었던 기억이 난다. 국이나 찌개도 덜어 먹지 않고 숟가락으로 같이 떠먹었다. 그때는 위생적인 개념보다 배고픔의 해결이 더 컸던 시절이었다. 지금의 식당에서는 개인별 앞 접시 등을 이용해 국물이나 반찬 등을 각자가 적당량 가져다 먹을 수 있게 하고 있다. 이처럼 음식을 같이 먹을 때는 각자 그릇에 떠다 먹는 게 위생적이라고 생각한다. 반찬을 먹을 때도 젓가락으로 이리저리 제쳐가면서 먹는 행위를 삼가야 한다. 앞 접시에 덜어다 먹든지 젓가락이 집히는 대로 조심스럽게 가져다 먹어야 하리라고 본다. 그리고 이런 식생활 습관이 생활화 되어야 한다고 본다. 주방기구의 소독도 신경 써야 하고 그릇이나 행주도 삶아 사용하는 등의 위생관리가 필요하다. 음식 섭취 시에는 손을 깨끗이 씻고 생고기나 날고기 등의 생식은 자제할 필요가 있다. 채소류나 과일류도 잘 씻어서 먹어야 할 것이다.

셋째 회식 등의 자리에서 자신이 마신 술잔 권하기는 삼가야 한다. 자기 잔 마시기가 위생적이라고 생각한다. 한때 간염 예방차원에서 자기 술잔 사용하기 운동도 하였다. 술에 취하거나 분위기에 젖다 보면 이런 것이 안 지켜

지기 쉽다. 자연스럽게 잔 돌리기가 이루어질 수 있다.

넷째 외출 등을 하고 와서는 몸을 잘 씻어야 한다. 손과 발 그리고 얼굴만 씻을 수도 있고, 전신 샤워를 할 수도 있다. 특히 손 씻기는 자주 이루어져야 한다. 화장실에 다녀오거나 작업 후나 식사 전 등에는 손 씻기가 필수이다.

다섯째 마스크 착용이다. 코로나 19로 인해 의무적 마스크 쓰기도 시행한 바 있다. 이제 마스크는 필수적으로 챙겨야 할 개인 소지품이 되었다. 먼지나 분진 작업현장, 병원, 사람이 밀집하는 장소, 기타 호흡기관 보호가 필요한 곳에서는 마스크를 착용하여야 한다.

여섯째 침구류의 정기 세탁 및 햇빛 쬐이기 등이 필요하다. 부부생활이나 단체 생활을 할 때는 특히나 침구류 관리에도 신경 써야 한다.

일곱째 의류는 자주 갈아입는 게 좋다. 특히나 나이가 들어갈수록 속옷을 잘 갈아입어야 된다.

여덟째 대화할 때는 일정 거리를 유지하는 게 좋다. 침이 튕겨 불쾌감을 줄 수도 있지만 바이러스 등의 감염에도 노출될 수 있다. 특히나 식사시간에는 더욱 주의가 요구된다.

아홉째 환자 간호나 방문 시에는 주의를 요한다.

열째 성관계 시에는 주의가 필요하다. 각종 성병 감염

의 위험이 있다. 건전한 성생활의 필요성을 강조하는 이유 중 하나이기도 하다.

이 밖에도 주의할 사항이나 실천해야 할 사항은 수없이 많다. 기본적인 몇 가지만 들어 보았다.

병원균은 사람이나 동물뿐만이 아니라 주변 환경에 의해서도 오염되거나 간염될 수 있다. 건강한 생활을 영위하려면 지속적인 자신의 위생관리가 필요하다고 본다.

일상에서 항상 강조하는 사항들이지만 우리는 알고도 지키지 않거나 잠깐의 망각과 주의집중 분산, 흥분 등으로 실행하지 못하는 경우가 허다하다.

사람들 간에 경계심을 갖는다는 것도 유쾌한 일은 아니지만 자신들의 건강을 위해 서로가 조심하는 게 좋다고 본다.

건강관리는 강조하고 또 강조해도 지나치지 않는다고 본다. 나의 건강은 내가 잘 챙기도록 하자.

나비꽃

연분홍 날개
펄럭이는 나비

그대가 꽃인 것을
꽃을 찾으려는가

빨대 여러 개
드러내어

꽃이 꽃을 부르는
나비 같은 꽃

통찰력

통찰력이란 사물이나 현상을 환히 꿰뚫어 보는 능력이라고 말한다.

요즘 들어 쏟아져 나오는 책들이며 유튜브 그리고 각종 매체를 통해 방영되는 사람들의 말을 들어보면서 괜히 인상이 찌푸려진다.

유명대학을 나와서 사회적 지위를 얻었다는 사람들의 말을 분석하면서 생각하다 보면 국민들의 수준을 이렇게 무시해도 되는가 싶어진다.

국가에 반하는 이념과 사상의 거침없는 표현, 집단주의에 묶인 편협한 생각과 선입견을 가진 판단력 등이 걱정스러울 정도이다.

나는 이런 사회를 보면서 통찰력에 대해 나름 생각해 보았다.

일반적으로 사람은 어떤 대상을 선입견을 가지고 바라보기 쉽다. 그러나 그 대상을 객관적으로 보려면 여러 가지 면을 살펴야 현명한 선택이나 판단을 하게 될 수 있다고 본다.

통찰력에 대해 "본질이 보이지 않는 것을 보는 것"이라고 정의한 경영인도 있다. 즉 통찰력은 결국 부분이 아닌 전체를 보는 능력인 것이다.

통찰력은 주로 내적인 것을 꿰뚫어 보는 능력이라 말하기도 한다. 영어로는 insight라 표기하며 속의 면을 뜻한다.

우리나라는 자유민주주의 국가이다. 그래서 더욱 통찰력이 필요하다. 왜냐하면 각 국민 개개인의 생각과 판단력으로 우리의 삶을 결정해 나가기 때문이다.

판단에 있어서도 개인이익보다 국익이나 공익이 우선되어야 하고, 개인주의적인 이기심보다 사회질서와 국가안보가 우선되어야 한다고 본다. 그 마지막이 개인 행복이라고 본다.

세계사에 남을 1960년대와 1970년대에 걸쳐 일어난 자국민 대학살사건을 저지른 캄보디아의 지도자 폴 포트를 잊지 않았을 것이다. 공산주의 사상을 맹신한 세력이 일으킨 소름 끼치는 사건이었다. 한 통치자의 그릇된 판단으로 수많은 국민들을 무참하고 비참하게 죽였다고 한다.

통찰력이 없는 독재적인 정책 실현이 얼마나 무서운 결과를 가져오는지를 말해주고 있다.

통찰력을 길러야 사회를 바로 볼 수 있고, 올바른 국가관을 가질 수 있다고 본다. 또한 삐뚤어진 개인 생각도 바꿀 수 있다고 본다. 이를 나름 정리하여 다음과 같이 나열해 본다.

첫째 다양한 경험을 쌓아야 한다. 직접 현장경험도 중요하지만 책이나 각종 매체를 통한 간접 경험도 좋다고 본다.

둘째 세상일을 직접 체험해 보는 것이 무엇보다 확실하다. 여행 등을 통해 현장 견학이 필요하다.

셋째 사물을 보거나 어떤 일을 판단하는 경우에는 여러 가지 각도에서 접근해 보아야 한다. 평상시 생각하고 있는 선입견이나 편협된 사상으로 일면만을 보아서는 올바른 판단을 기대하기 어렵다. 이것과 저것을 연결시켜 다각적으로 생각해 보는 것이 좋다.

넷째 민주적인 방식 중의 하나로 여러 사람의 의견을 듣는 절차가 필요하다. 소수의 선동에 끌려다니거나 독단적인 결정은 사회적인 불만을 초래할 수 있고, 사회를 악의 구렁텅이에 빠뜨려 많은 사람이 피해를 볼 수 있다.

다섯째 판단이나 결정을 할 때는 그 동안의 경험이나 지식을 통합해 보는 것이 좋다. 남의 생각이나 판단에 쉽게 휩쓸려서는 안 된다.

여섯째 자신의 생각이 맞는지 주변의 의견을 경청하는 기회를 가져보는 것이 좋다. 나의 생각에 대해 남의 충고나 판단을 받아보는 것이다.

일곱째 표현은 신중하게 하여야 한다. 평상시 자신의 생각을 글로 정리해 보는 습관을 가지는 것도 좋다.

통찰력을 가진 사람이 많을수록 올바른 사회로 선도되리라고 본다. 특히나 사회적 지도자의 위치에 있는 사람은 통찰력에 대해 더욱 생각해 보아야 할 것이다. 사리사욕에 빠져 개인욕심이나 집단욕심을 먼저 챙긴다면 사회는 서서히 불행의 나락으로 떨어지고 말 것이다.

역사가 말해주듯이 잘못된 판단이 얼마나 많은 사람들을 괴롭히고 비참하게 만드는 것인지 생각해 보는 시간이 되었으면 한다.

우리가 현실을 올바로 볼 수 있는 통찰력 있는 사람이 되도록 노력해 보자.

산행

울적한 마음 안고
산에 들어서니
연파랑 나뭇잎들
반짝이며 나를 반기네
풋풋한 숲내음
기운을 북돋아 주고
산새의 지저귐
서로의 안부를 묻누나
숨 크게 들어 마셔
시원하게 내뱉으니
바람처럼 흩어지는
모든 근심 걱정
삶의 휴식 공간이
여기가 아니런가
바쁜 일상이라는 말
부질없는 핑계였네

체취體臭

사람마다 각자의 고유한 냄새가 있다. 때로는 체취가 병적으로 아주 심한 사람도 있다.

비단 사람만이 아니라 사람들이 오랫동안 머물렀던 장소나 거주하는 곳에서도 체취가 배어 있을 수 있다. 숙박업소, 땀 흘려 운동하는 헬스장, 혼자 사용하는 방 등 그밖에 여러 장소에서 그 냄새를 느껴봤을 거라고 본다.

사람의 몸 부위로 봤을 때, 땀이 많이 나는 겨드랑이, 통풍이 잘 안 되는 샅 부분, 걸어 다니면서 땀이 나는 발바닥, 땀으로 인하여 찌든 머리, 각종 음식물을 섭취하는 입 등에서 불쾌한 냄새를 발산할 수 있다.

지구상에는 여러 종류의 인종이 살고 있는 데, 그 인종에 따라서도 고유한 냄새를 풍길 수 있다.

먹는 음식에 따라서도 체취가 달라질 수 있다. 예를 들어 마늘을 많이 먹으면 특유의 냄새가 난다. 특히나 서양인들이 이를 잘 감지한다고 한다. 대개의 경우 과일을 많이 먹으면 체취가 약해지고, 고기 등의 단백질을 많이 먹으면 체취가 강해진다고 한다. 술과 담배의 경우에는 즉시 그 냄새를 알 수 있다.

이렇게 사람마다 고유한 냄새를 발산할 수 있다는 것을 이해할 필요가 있다. 정도의 차이는 있지만, "나는 아무 냄새도 안 나는 깨끗한 사람"으로 착각하면 안 된다.

노년으로 갈수록 노폐물이 원활하게 발산되지 못하게 되어 노인 냄새를 만들기도 한다.

질병에 따라 고유의 냄새를 발산하기도 하여 한의학에서는 진단의 방법으로 활용하기도 한다고 한다.

이처럼 자연스럽게 발산되는 체취를 어찌할 수는 없지만 그 효과로 여러 가지 상황을 만들 수 있음을 알고 있어야 한다.

냄새에 따라 좋은 감정을 가질 수도 있지만 불쾌한 감정을 가질 수 있기 때문이다. 경우에 따라서는 체취에 따라 배우자를 결정하는 경우도 있다고 한다. 체취의 관리가 매우 중요하다는 의미를 갖는 부분이기도 하다.

체취관리법에 대하여 몇 가지 살펴보면 다음과 같다.

첫째 하루 일과가 끝나면 규칙적으로 잘 씻어야 한다.

둘째 몸에 땀을 많이 흘린 경우에는 잘 닦아주고 통풍

을 해서 말려주어야 한다. 그대로 방치하면 고약한 냄새로 바뀔 수 있다.

셋째 속옷은 매일 갈아입는 것이 좋고, 겉옷도 체취가 배어있으므로 정기적으로 갈아입어야 한다. 깨끗해 보인다고 장기간 입고 다니면 안 된다.

넷째 비누를 살 때는 향에 신경을 써야 하고 화장품을 고를 때에도 마찬가지이다. 여유가 있다면 향수도 하나 사서 사용하는 것도 좋다. 좋은 향이 행운을 불러온다고 한다.

다섯째 침구류는 정기적으로 세탁하고 일광관리를 잘 하여야 한다.

여섯째 하루에 한 번 이상 실내에 환풍換風을 잘 시켜야 한다. 쾌쾌한 나쁜 냄새가 옷이나 몸에 배일 수 있다.

자연향수로는 유실수의 열매로 모과, 탱자, 유자 등이 있고, 화분을 활용한 난초 향, 천리향, 재스민 향, 은목서 향 등이 있으며 꽃꽂이를 활용하는 방법도 있다.

자신의 체취는 상대하는 사람들에게 많은 영향을 줄 수 있으므로 그 관리에 많은 노력이 필요하다고 본다.

3부

유채꽃

기다렸다는 듯
밝게 반기는 얼굴

노란 미소로
화답할 때

맑은 봄바람 불어
너울너울 춤을 추니

그대 체취에
흠뻑 젖는다

상큼한 설렘이
온 몸에 힘을 실어준다

맛집 알아두기

우리가 모처럼 누구를 만나 식사를 나누고자 하거나 대접해야 할 경우, 어디로 가야 하나 하면서 막막한 경우가 있다. 사전에 준비한 정보가 없기 때문이다. 그렇다고 어려운 손님 모시고 아무 데나 갈 수도 없고, 오랜만에 만난 친구나 동료가 식사 대접에 대해 소홀히 했다면 서운해할 수도 있다.

식당은 누가 뭐라 해도 맛이다. 따라서 맛에 따라 메뉴별로 맛집을 골라야 한다. 다음은 식당 분위기이다. 조금은 꾸며지고 깔끔하여야 하며 실내 홀이나 방의 분위기가 좋아야 한다. 당연히 위생상태도 봐야 한다. 분위기가 시끄럽고 정신 사나우면 피해야 한다. 다음으로는 주차시설이다. 요즘은 다 자기 차를 가지고 다니기 때문에 주차가 용이한 곳이 부담 없다. 다음은 메뉴별 가격이다. 가격이 엉터리같이 비싸면 부담스럽다.

괜찮은 식당이라고 생각되면 주소, 이동경로, 전화번호, 주메뉴, 가격 등을 정리해 두어야 한다.

식당은 기호나 분위기에도 맞아야 하므로 불고깃집, 횟

집, 백반집, 국밥집, 중국음식점, 민물 요리집, 오리요리집, 곰탕집, 장어요리집, 추어탕집, 갈치요리집 등 메뉴별로 많은 식당을 알아두어야 한다. 상대방의 기호가 다를 수 있고 상황에 따라 메뉴도 달라지기 때문이다.

한때는 블로그를 통해 맛집을 부지런히 소개하기도 하였으나 여러 가지 면에서 어려움이 있어 그만두었다. 블로그에 맛집이라고 올려놓으면 며칠 안 가서 폐업하거나 이사를 가버리고, 주인이 바뀌어 옛날 맛이 나지 않는 경우 등 여러 가지 문제점이 있었다.

이런 인터넷 자료만을 맹신하다가 후회하지 말고 자신이 직접 꼼꼼히 챙기고 현장을 방문하여 명확한 자료를 만들어 놓으면 좋으리라고 본다.

사전에 손님맞이 준비를 해 놓는 것도 삶의 지혜가 아닌가 생각한다.

아이스크림

분홍 분홍
핫바 아이스크림
한 입에 넣어
빨아보고 싶지만

너무 예뻐
주저하며 바라보다
침만 꿀꺽

반려견 관리

반려견伴侶犬이란 한 가족처럼 사람과 더불어 살아가는 개를 말한다.

산행을 마치고 기분 좋게 평탄한 도로에 접어들어 걸어가는데 이제 산행을 시작하려는 사람들이 걸어오고 있었다. 그 뒤를 따르는 반려견과 마주쳤다. 그런데 특이하게도 목줄이 없어 보였다. 그러나 '반려견이면 사람을 잘 따르니까 별일 없겠지'하고 생각하면서 무심코 지나쳤다. 이렇게 지나쳤다고 긴장을 푸는 순간 개 주인의 다급한 목소리가 귓전을 때렸다. 순간 뒤돌아보니 나를 바짝 쫓아온 반려견이 금방이라도 공격할 자세로 으르렁거렸다. 순간 깜짝 놀라 당황했다. 우선은 큰 개가 아니라 안심하면서 방어 자세를 취하니 반려견이 주춤하면서 짖어대기 시작했다. 바로 뒤따라온 개 주인에 의하여 상황은 정리되었지만 순간의 공포감은 사라지지 않았다. 기분까지 엉망이 되어 버렸다. 만약 큰 개였으면 어땠을까 상상해 보니 소름이 돋았다.

요즘은 반려견이 많아졌다. 많아진 만큼 반려견 관리에

도 소홀함이 없어야 한다고 본다.

만약 개의 공격으로 상처를 입는다면, 피해자는 우선 병원에 가서 광견병에 관한 주사처방과 상처치료, 심리적 안정도 취해야 할 것이다. 이에 개 주인은 당연히 이에 대한 합당한 치료비 등을 보상해주어야 할 것이다.

반려견을 대동한 등산이나 산책도 좋지만 이런 불상사가 일어나지 않도록 예방차원의 철저한 준비가 필요하다고 본다. 개 목줄은 물론이고 큰 개나 사나운 개의 경우에는 입마개를 착용하는 등 타인에게 피해를 주는 일이 없도록 노력하고 조심하여야 할 것이다.

반려견 주인 입장에서 '우리 개는 사람을 공격하지 않아'라는 착각을 해서는 안 된다. 항상 돌발 상황은 일어날 수 있기 때문이다.

일단 개로부터 공격을 받을 경우 대처 방법에 대해 몇 가지 살펴보겠다.

첫째 개와 직면하는 상황을 만들지 않도록 피하는 게 상책이다.

둘째 개를 지나칠 때는 시선을 다른 곳으로 분산시켜 적대관계가 아님을 표시한다.

셋째 달려드는 개에 놀라 도망 다니면 더 공격당할 수 있다. 침착하게 방어 자세를 취하면서 우선 지니고 있는 소지품을 던져 개가 이것을 대신 공격하도록 만든다. 급하면 신발도 좋다.

넷째 내가 입은 옷가지나 다른 물품을 활용해 자신의 몸집이 커 보이게 한다.

다섯째 물렸을 때는 침착하게 기다려야 한다. 발버둥치면, 더 심하게 공격당할 수 있다. 주변 사람들에게 도움을 요청한다.

여섯째 넘어지면 안 된다. 만약 넘어졌다면 손으로 깍지를 껴서 목덜미 부분을 감싸고 몸을 웅크려야 한다. 목덜미를 공격당하면 생명도 위험해 질 수 있기 때문이다.

일곱째 시선을 분산 시킬 물품을 찾아 방어 장비로 이용한다. 그 예로 우산, 가방, 배낭 등이 있다.

여덟째 방어 면에서 지형지물을 이용하는 방법이 있다. 전봇대나 나무, 물건, 시설물 등이 있다.

개 옆을 지나칠 때는 긴장하고 경계하는 마음자세가 필요해 보인다.

사랑의 꽃

봄바람이
따스한 입김 불어 피운 꽃

다정한 미소로
반겨주니

보는 이의 가슴에
봄기운이 가득

봄기운에
행복감이 가득

행복감에
눈웃음이 가득

눈웃음에
사랑의 꽃이 되었네

노래강사 이야기

노인 프로그램을 운영하는 어느 복지관에서의 일화이다.

복지관에서 노래교실을 열어 운영하였다. 어느 노래강사이고 대부분이 자기 위주로 노래교실을 운영한다. 무조건 따라 부르게 하고 반복을 거듭한다. 그러나 이 강사는 자신 중심의 가르침보다 참석한 회원 위주로 수업하였다. 순서대로 돌아가면서 많이 불러보게 하였던 것이다. 못 부르는 노래에는 핀잔 아닌 핀잔도 주고 함께 웃기도 하면서 즐겁게 수업을 하였다.

그러나 개중에 한두 명이 관리사무실에 불만을 토로하는 바람에 그 강사를 자르고 새로운 강사를 데려왔다. 새로 온 강사는 노래도 더 잘하고 리더십leadership도 좋았다. 이 강사는 자기 실력을 뽐내며 강사 위주의 수업을 하였다.

그런데 반전이 일어났다. 다수의 회원들이 이전의 강사를 데려오라고 데모라도 하듯 항의하는 소동이 벌어진 것이다. 이전의 강사가 훨씬 좋다는 것이다.

우리는 대리만족에 젖어 산다. 텔레비전만 켜면 유명가

수 노래가 나오고, 무슨 행사장에만 가면 무명가수들로 채워진다. 이처럼 대개의 경우 보고 듣는 것만으로 자신을 만족시켜야 한다.

때로는 자신이 직접 가수처럼 불러보고 싶을 때도 있을 것이다. 그러면서 더 흥을 가질 수 있는 것이다. 남의 노래나 가수의 노래는 박수나 치다 끝나고 만다.

이런 사례를 통해 보았듯이 프로그램을 운영하는 강사는 참여자의 흥미 유발 효과를 염두에 두고 지도해 보아야 하리라고 본다.

때로는 프로가 아니더라도 아마추어가 더 흥을 돋을 수도 있다. 더 나아가 아마추어수준이 아니더라도 초보수준에서 흥을 일으킬 수도 있는 것이다.

다소 부족하더라도 직접 체험이 훨씬 흥미의 여운이 남을 수 있다. 백문이 불여일견이라는 말이 있다. 백 번 듣는 것보다 한 번 보는 것이 낫고, 백번 보는 것보다 한 번 체험해 보는 것이 더 좋을 수도 있다.

누구나 자기만족에 산다. 자신들의 의욕을 끌어 올릴 수 있는 만족스러운 방법은 없는지 생각해 보았으면 한다.

철쭉

봄날이 불덩이처럼 붉다

화려한 불꽃이 나를 유혹한다

불꽃과 정겨운 눈짓 말을 나누다

뜨거운 불꽃 속으로 빨려 들어갔다

이글거리는 불꽃에

그만 녹아버렸다

붉디붉은 불꽃이 되고 말았다

회복回復

회복이란 사전적 의미는 원래의 좋은 상태로 되돌리거나 원래의 상태를 되찾는 것을 말한다.

회복탄력성(resilience)이란 크고 작은 다양한 역경과 시련과 실패에 대한 인식을 도약의 발판으로 삼아 더 높이 뛰어 오를 수 있는 마음의 근력을 의미한다. 심리학, 정신의학, 간호학, 교육학, 유아교육, 사회학, 커뮤니케이션학, 경제학 등 다양한 분야에서 연구되며 극복력, 탄성, 탄력성, 회복력 등으로 번역되기도 한다. 물체마다 탄성이 다르듯이 사람에 따라 시련에 대한 탄성이 다르다. 역경으로 인해 밑바닥까지 떨어졌다가도 강한 회복탄력성으로 되튀어 오르는 사람들은 대부분 원래 있었던 위치보다 더 높은 곳까지 올라갈 수 있다.

지속적인 발전을 이루거나 커다란 성취를 이뤄낸 개인이나 조직은 대부분 실패나 역경을 딛고 일어섰다는 점이 공통적이다. 불행한 사건이나 역경에 대해 의미를 어떻게 부여하고 인식하느냐에 따라 불행해지거나 행복해지는 기로에 서게 된다. 또한 실패나 역경을 딛고 일어났다는 것은 자신에게 처해진 상황을 긍정적으로 받아들이는 습관이 구축되었음을 의미한다. 부정적으로 상황을 인식한다면 감정적 에너지를 소비하게 된다.

탄력 에너지를 문제해결에 대한 집중에 사용할 수 있다는 점으로 볼 때, 이를 회복탄력성이 향상되었다고 볼 수 있다. 따라서 회복탄력성이란 인생의 바닥에서 치고 올라올 수 있는 힘, 밑바닥까지 떨어져도 꿋꿋하게 되튀어 오르는 비인지 능력 혹은 마음의 근력을 의미한다고 볼 수 있다.

짐승들에게 있어서는 몸을 부르르 털어냄으로써 긴장감을 회복한다고 한다.

사람에게 있어서 회복은 어떤 의미일까?

회복은 긴장의 풀림, 건강 되찾기, 관계의 개선, 욕구의 해소, 소유의 만족, 안락의 상태, 도전의 힘, 도약의 힘, 일의 성취, 역경의 극복, 새 희망의 추구, 질병의 치료, 원상태로의 복귀 등 다양한 의미가 있다고 본다.

회복의 분야에도 육체적인 것, 정신적인 것, 물질적인 것, 관계적인 것 등 이외에도 많이 있다.

회복의 요건을 몇 가지 살펴보기로 하자.

첫째 긍정적인 마음가짐이 있어야 한다. 짜증이 난다거나 화가 난 상태라면 회복이 반감될 수 있다. 부정적인 생각도 회복의 방해요소로 작용할 수 있다. 실행방법으로 감사하는 마음 갖기, 남 칭찬해 보기, 남의 말 들어주고 공감해주기, 여유로운 마음 갖기, 베푸는 마음 갖기, 남에게 상처 주지 않기 등 다 열거할 수 없을 만큼 많다.

둘째 아픈 곳 치료하기이다. 아픈 몸을 치료하기 전에는 회복이란 없다. 병원에를 가든, 상담을 통해 해소 방안을 찾든 간에 자신의 몸과 마음을 치료하여야 한다.

셋째 충분한 휴식이다. 휴식에도 다양한 방법이 있다. 충분한 수면, 자신에 맞는 정서적인 면 즐기기(음악 감상, 영화감상, 미술 작품 감상, 독서, 게임, 노래하기, 악기 연주해 보기, 좋아하는 사람과 차담하기, 여행) 등에서 자신에 맞는 휴식거리를 찾으면 된다.

넷째 적당한 운동이다. 체조나 스트레칭을 통해 몸을 움직여서 풀거나 등산, 산책, 헬스, 수영 등을 통해 상쾌한 기분전환을 갖기도 한다.

다섯째 영양음식 섭취하기 이다. 몸에 필요한 자양분을 섭취하여야 몸이 회복될 수 있다. 잘 먹어야 한다는 것이다. 단백질, 비타민 등 골고루 몸에 필요한 영양식을 섭취하여야 회복이 빠르다.

이 밖에도 피로회복 방법은 많을 것이라고 본다. 자신에 맞는 회복 요인을 찾아보거나 생각해 보는 시간이 되었으면 한다.

나팔수 아가씨

가냘픈 목소리
멀리 울려 퍼질 때

눈으로 들어보며
온몸으로 화답한다

신이 난 나팔수 아가씨
귀여운 몸짓으로

흥겹게 연주한다
화답에 힘을 얻어

노인들은 외롭다

서울에 계시는 고모님한테서 전화가 왔다. 내가 안부 전화를 드려야 하는데 거꾸로 안부를 묻는다. 고모에게는 유일하게 외동딸이 있었으나 요즘 건강과 가정사 등으로 사이가 안 좋아 남남이 되어버렸다.

시간 되면 놀러 오라는 당부시다. 요즘 나는 나름 할 일이 많아 시간에 쫓기듯 살아가다 보니 백수가 과로하게 될 판이다.

그래서 고모에게 벗꽃이 피면 구경삼아 놀러 가겠다고 약속을 하였다. 고모가 무척이나 기뻐하였다.

노인이 되면 왠지 불안하고 외로움을 느낄 수 있다. 그 이유는 다음과 같다.

첫째 몸이 예전 같지 않아 허약해지고 정신력도 흐려진다. 이러한 이유로 혼자 외출하기가 부담스럽고 은행 방문이나 각종 시설의 이용에 어려움을 느낄 수 있다.

둘째 사람들이 노인들에 대하여 거부감을 갖는다. 같은 노인 또래가 아니면 회피하는 경향이 있다. 마지못해 의무감으로 대하는 경우가 많다.

셋째 인지력이 떨어지면서 마음이 약해지기 쉽다. 처지를 이해하려 하기보다는 서운함이 앞설 수 있다. 무시한다거나 무관심하다는 오해를 가져오기 쉽다.

노인 도우미가 활동하고는 있지만 봉사정신이 없다면 형식에 얽매여 시간 채우기에 급급하다.

누구나 나이를 먹는다. 그래서 노인들에 관한 문제는 자신의 미래를 보듯 관심을 가져야 한다고 본다.

노인들은 특별한 대우를 바라지 않는다. 간간이 들러 이야기 동무도 해주고 관심을 보여주는 게 최고의 방법이라고 생각한다.

노인이라고 폄하, 멸시, 무시하지 말고, 배려와 위로, 그리고 도움을 주는 것이 필요하다.

부모뿐만 아니라 친지간에도 노인분이 있다면 가끔은 방문하여 잠시나마 위로를 드리는 것이 어떨까 생각해 본다. 이는 복을 짓는 일로서 자신의 마음 역시 흐뭇해짐을 느낄 것이다.

애달픔

가녀린 자태에
휘날리는 꽃잎 하나

떨어지면 어쩌나
마음 저리며

화려함 속에
느껴지는 애달픔

그런 그대가
더 예뻐 보이는 까닭은
무엇 때문일까

가로수

팔 벌려 반기는 나무 터널
시야가 황홀하다

지나치는 아쉬움에
탄성 연발

연녹색 색감에
생동감이 솟고

흐트러짐 없는 열병식에
우쭐해지는 영웅심

웅장한 나무들이
팔 올려 길을 열어준다

취미생활과 경비

우리가 살아가다 보면 좋아하는 분야가 생기게 되어있다. 경우에 따라서는 많은 부류의 취미를 가질 수 있다.

이런 취미에 빠지다 보면 의외로 경비가 많이 들어간다. 때로는 생활에 어려움을 느끼면서도 거기에 돈을 무리하게 투자하며 취미생활에 빠지는 경우가 허다하다.

나는 맨 먼저 사진을 취미로 했다. 사진 하면 무조건 찍어대는 것이 아니다. 장비 면에서 우선 좋은 것을 구입하여야 한다. 제대로 갖추려면 일천만 원은 우습게 지출된다. 카메라 본체에다 갖가지 렌즈, 가방, 삼각대, 각종 필터, 그 밖에 액세서리accessory 등이 있다.

이런 장비가 어느 정도 갖추어지면, 다음은 사진 찍을 곳을 물색하여야 한다. 전국에서 경치 좋은 곳은 물론 이거니와 각종 행사 등에 참여하여야 좋은 작품을 얻을 수 있다. 이런 곳으로 이동하여 촬영하러 가는 경비도 만만치 않다. 사진만 찍어서 끝나는 게 아니다. 우선 찍어온 사진들을 선별하여 보관하기도 하고, 확대 인화·현상하여 작품을 만들기도 한다. 작품을 만드는 비용도 만만치 않다. 변명 같지만 사진 활동을 하면서 몇 천만 원은 지출된 듯싶다.

여기서 말하고자 하는 주제는 누나의 수석 취미생활에 관한 것이다. 돌을 주워다 이모저모 살펴서 좌대를 만들어 앉히면 그럴싸한 작품이 만들어진다. 이렇게 만들어진 작품은 다시 동호회원전에 출품할 수 있으며, 재수가 좋으면 팔리기도 한다.

이런 재미에 흠뻑 빠지면 공휴일에는 아예 돌 수집에 나선다. 아침부터 하루 종일 돌아다니다 보면 많은 경비가 드는 것은 당연하다. 주운 돌은 좌대를 짜야 제 모습의 가치를 높일 수 있다. 이런 좌대를 제작하는 비용도 만만치 않다. 이렇게 모아 놓은 돌들을 수석작품이라 말한다. 이때부터 나름의 수석 예술세계가 펼쳐지는 것이다.

수석은 모으는 데만 돈이 쓰이는 것이 아니다. 다음은 수석회원활동을 하여야 수석에 대하여 배우고 수석에 대한 정보나 기술 등을 익힐 수 있다. 이런 수석회원 활동을 하는 데도 경비가 들어감은 당연하다.

수석 전시회에서 남의 작품이 욕심이 나면 거래도 성사된다. 따라서 누나도 이런 수석을 사 놓으면 차후 돈이 될 거라는 생각에 무리하여 많은 수석을 사들였다.

수석으로 한 집을 메꾸고도 모자라서 박스에 담아 쌓아

놓기까지 하였다. 수석만을 보물로 알고 무리하여 수집하다 보니 생활은 궁핍해졌고, 70대의 나이가 되다 보니 이제 관리하는 것도 짐이 되었다.

그래서 팔려고 지인들을 수소문하였으나 의외로 냉담하였다. 보물이 아니라 하찮은 돌로 변한 것이다. 그 실망은 이루다 말할 수가 없었다.

자고로 수석이란 그 예술세계에서만 알아주는 것이다. 일반인들은 수석에 대해 무례한 일 수밖에 없다.

결론적으로 여기에서 교훈 삼아야 할 것이 있다. 즉 취미는 취미로 끝나야 한다는 것이다. 물론 수집을 잘해서 성공한 사람도 있다. 그러나 그것은 극소수에 불과하다고 본다.

취미가 주된 생활로 바뀌어서 무턱대고 많은 투자를 하는 것은 후일 삶에 고통과 문제점을 가져다줄 수 있다. 노력의 대가만큼 보상받지 못할 수도 있다는 것이다.

무턱대고 많은 돈을 들여 투자만 하는 취미활동은 없는지 자신을 살펴보자. 특히나 장년과 노년에는 투자가 아니라 처분하고 정리할 때라는 것을 잊지 말아야 할 것이다.

4부

둘이라면

파란 가족이

매운 본성 숨기고

피어오른 봉우리

망사모자 눌러쓴 채

둘이라면 외롭지 않아

다정히 속삭인다

목표설정과 성취기원

대금을 잡은 지는 10년이 넘었다. 그러나 그렇다 할 실력은 아니다. 그 원인은 처음 시작부터 열심히 하지 않았고 연습방법도 몰랐기 때문이다. 대금을 그나마 열심히 시작한 것은 불과 5년 정도로 교습을 통해 대금 산조를 배우기 시작하면서부터이다. 대금 산조를 배우기 시작하면서 경연대회에도 참여해 보았다. 그러나 그 벽은 높았다. 어떤 때는 어렵고 힘들어서 포기할까 망설이기도 했다. 무엇보다 전공자가 아니라 실력도 늘지 않았고, 경연대회에 참여해도 신인부에 만족해야 했다. 그러나 신인부도 만만치 않았다. 기악 경연대회에 참여해 보니 꼴찌를 면하지 못했다. 그러나 기회만 되면 경연대회에 참여하다 보니 때로는 적은 수가 오기도 해서 그저 상을 받기도 했다. 그래서 용기를 가지고 꾸준히 도전해 보기로 마음먹었다. 먼저 목표치를 정하였다. 〈신인부에서 대상〉을 목표로 정하고 이를 메모지에 정성스럽게 적어 부적같이 지갑에 지니고 다녔다.

이렇게 1년이 지날 무렵 뜻하지 않게 경연대회에 참여

했는데 아주 적은 수의 사람이 신청하였다. 이런 대회에서는 큰 실수만 없으면 상을 받기란 어렵지 않겠다는 생각이 들었다.

경연 당일 날 가슴을 졸이며 발표를 무사히 마쳤다. 그 결과 내가 바라던 대상을 받았다. 이게 꿈인가 싶었다.

남들은 오랜 기간 노력해도 받기 힘든 대상을 운 좋게 받은 것이다. 남들은 쉽게 받은 상이라고 비난할지 모르지만 나에게는 소중한 것이었다. 무엇보다 바라던 목표가 달성된 것이기 때문이다.

여러분들도 자신의 목표를 새겨서 지갑 등에 소지하면서 열심히 노력한다면 이런 행운을 맞이할 수 있을 거라고 믿는다.

막연히 성공만을 바랄 것이 아니라 명확한 목표를 정하고 이를 새기면서 기원하는 마음자세가 중요하다고 본다.

청보리밭

푸른 물결 사이로
줄 지은 사람들

펼쳐진 푸르름으로
물들어진 마음들

파도를 타듯
돛단배처럼 넘실댄다

출렁이듯 떠가는
상쾌한 바다

들떠 있는 즐거움에
향기마저 찰싹인다

우리나라 정치 현실을 보면서

극단적으로 치닫는 요즘의 정치 현실을 보면서 안타까움과 두려움이 앞선다. 부정선거, 기준 없이 헤매는 무력화된 정치 검찰, 안보 불감증, 괴담선동과 이를 위한 집회, 역사관과 국가이념의 물타기, 거대 국회에 의한 탄핵시국, 편파 방송 등 수많은 형태의 국가 흔들기는 이제 공공연화되었다.

누가 이 파국을 잠재울 것인가? 과연 이 나라는 정상적인가? 이대로라면 미래는 어떠할까?

말로만 외치는 〈민주화〉라는 구호는 과연 누구를 위한 것인가? 이렇게 강조하지 않아도 우리나라는 민주주의 국가이다. 내 생각으로는 더 이상 민주화된 나라를 외치다가는 무력화되고 퇴폐한 방임민주주의에 빠지든지 그렇지 않으면 사회주의 독재화에 의한 전체주의 국가로 빠질 염려가 있다고 본다.

미국의 전 대통령 존 F.케네디는 취임연설에서 "국가가 당신에게 무엇을 할 수 있는지를 묻지 말고, 당신이 국가에게 무엇을 할 수 있는지를 물으십시오. Ask not what your country can do for you, ask what you can do for your country"라고 했다. 이 말을 되뇌어 볼수록 의미가 새로워지는 까닭은 무엇 때문일까?

이제 국민 각자가 진정 애국자로서 국가의 안정과 발전을 위한다면 지금 내가 국가를 위하여 무엇을 해야 할 것인지 고민해 보아야 할 때라고 생각한다.

국가가 무한정 뭔가를 해주기를 바랄 것이 아니라 자신의 자리에서 열심히 자기 일을 해 내는 것이 애국이 아닐까 생각해 본다.

잘못된 고정관념이나 정치의식으로 선동에 끌려 국가를 흔든다면 그 결과는 모두의 불행으로 이어지리라 본다.

멀리 볼 것도 없이 최근 이웃 나라(우크라이나, 홍콩)의 불행은 우리에게 많은 것을 보여주고 있다.

우리나라는 우리가 지켜야 한다. 탐욕에 빠진 위정자만을 믿고 따르면 큰 위기를 당할 수도 있다. 잘못된 위정자는 비판하고 나무라서 바른길로 유도하는 것도 이제 우리의 몫이 되었다.

모든 국민이여, 잠시라도 애국의 길이 무엇인지 깨우치는 시간을 가져보자.

CYGNUS

일을 끝내고

모심기 일꾼들
일을 마치고 숨을 고른다

길쭉한 논배미를
부지런히도 돌아 달려
열심히도 심었으니

허리와 다리가
아플 만도 하겠다

무쇠허리
무쇠다리지만

노을

하늘이 붉게
마지막 힘을 발한다

거대한 힘이
소모되고 있다

소모되는 빛이
자취를 감추면

밤이란 검은 힘이
온 세상을 뒤덮을 것이다

붉은 빛으로
이를 경고하는 노을

어서 집으로 돌아가
조용히 숨어있으라고 한다

협업協業

산길을 가는데 어떤 사람이 땀을 뻘뻘 흘리며 대나무 작업을 혼자서 힘들게 하고 있었다. 그래서 어린 시절을 떠올리며 협업이라는 것을 생각해 보았다. 한 사람이라도 옆에서 거들었으면 쉽게 하면서 능률도 오를 것 같다는 생각에서이다.

옛날 시골에서는 집집마다 돌아가면서 서로 일을 해주는 식으로 농사를 지었다. 일종의 두레나 품앗이를 말한다. 동네 아저씨나 아주머니들이 모여 들에서 협동 작업을 하면서 노동가도 부르고, 자식자랑도 하고, 연속극 이야기도 하고, 삶의 이야기도 나누었다. 그 중에는 입담이 좋은 사람이 있기 마련이다. 이렇게 여럿이 함께 일을 하면 일의 능률도 오르고, 대화 속에서 일에 재미가 생겨 지친 줄 몰랐으며, 서로의 우정이 두터워졌다. 그때는 이웃끼리 옥수수나 고구마 그리고 보리개떡 등을 나눠 먹었다. 마을에서 애경사가 있을 경우에는 내 일처럼 도와주면서 참여하였다. 그때만 해도 무슨 사례를 바라며 도움을 주지는 않았다. 좋은 일과 궂은일을 가리지 않고 당연한 것처럼 적극적으로 도왔다.

품앗이 하면서 잠시 쉬는 시간에는 떡, 과일, 감자, 고구마, 옥수수, 빵, 밥과 반찬, 술(막걸리 등) 등을 내놓아 맛있게 먹었던 기억이 난다.

지금이야 트랙터와 같은 농기계로 농사를 짓고, 풀도 제초제(농약)로 쉽게 제거해 버리며, 나머지 잔일도 협업보다는 돈으로 인부를 사서 농사를 짓고 일을 처리하는 것이 일반화 되었다.

요즘은 공공근로자를 통해 주변을 청소해 버리지만, 그때는 마을 울력으로 대청소를 하고 무너진 다리나 도로도 보수하였다.

작은 힘이라도 모으면 큰 힘이 된다. 여러 사람이 뭉쳐서 협심하여 일을 하면 여러 가지 면에서 그 효과가 크리라고 본다. 지금이라도 좋은 관습은 계승하여 함께 협업하는 세상이 조성되었으면 한다.

협업은 일의 능률뿐만 아니라 참여한 사람들의 단합과 더불어 화기애애하고 인정 어린 세상을 만들어 갈 것이라고 본다.

저울

공평하게 나누기 위해
셈하여 사고팔기 위하여
가늠해 보기 위하여
무게를 달던 저울

옛날에야 요긴한 도구
지금은 추억의 골동품

조상의 지혜를
가늠해 볼 수 있는
선각자의 발명품

벌초

오늘은 조상님
이발시켜 드리는 날

아침 햇살 부딪치며
일어나는 뿌연 아지랑이

요란한 기계 소리에 벌레들
지레 겁먹고 혼이 나갔다

머리카락 말끔히 자르고
뒷손질하는 갈퀴손

시원하게 깎아진 머리에
햇살이 반짝인다

조상님의 흐뭇한 미소
자손들의 시원한 미소

민주주의

작금은 대혼란의 시대에 빠져있다.

대개의 경우 정치가 그 한몫을 하고 있다고 본다.

온갖 유언비어, 근거 없는 괴담, 아니면 말고 식의 무책임한 추측성 발언, 모략, 지역 편 가르기, 심각한 이념적 갈등, 사리적 판단은 접어두고 국가의 안위야 안중에도 없는 정치적 다툼 등 수없이 많은 작태를 보면서 살얼음판을 걷는 것 같은 우리나라 현실을 보면서 미래를 걱정하지 않을 수 없다.

민주주의란 국민의 권리를 존중하고 자유와 평등을 통한 인간의 존엄성을 실현하는 제도이다.

이를 실현하기 위한 수단으로 국민주권, 대의제, 입헌주의, 권력분립, 지방자치를 들 수 있다.

국민주권은 나라의 주인은 국민이라는 뜻이다. 이를 실현하는 수단으로 크게 선거권을 들 수 있고, 민원제기, 공무담임 등 여러 가지 권리가 있다.

대의제는 모든 국민이 직접 정치나 국가업무에 참여하는 것이 어려우므로 선거를 통해 대표를 뽑거나 위임 처리하여 국가살림을 하게 하는 제도이다.

입헌주의는 헌법을 국가의 최상위 법으로 하는 것이다. 이와 관련된 부속법을 마련하여 모든 국민이 이 법에 따르도록 하고 있다. 정치인이나 공무원도 법에 근거하여 국가를 운영하여야 한다. 일반 국민도 법에 근거하여 통제하여야 한다.

권력분립이란 국가기관이 왕권의 전제군주처럼 강한 힘을 가진다면 국민의 자유와 권리를 해칠 위험이 있으므로 권력을 나누어 놓은 것을 말한다. 입법권의 국회, 법을 집행하고 판단하는 사법권, 대통령을 수반으로 하는 행정권으로 대별해 볼 수 있다. 어느 하나라도 소홀히 하거나 힘을 약화시키면 심각한 불균형 효과를 가져올 수 있다.

지방자치는 중앙에 권력을 집중시키지 않고 지역 주민들이 자신들이 살고 있는 지역을 스스로 다스릴 수 있게 하는 제도를 말한다.

최초의 민주주의는 고대 아테네에서 그 기원을 찾고 있다.

올바른 민주주의가 정착하려면 다음 몇 가지가 선행되어야 한다고 본다.

첫째 모든 국민은 의무와 책임을 다해야 한다. 납세의무, 국방의무, 법 준수의무 등 의무에도 여러 가지가 있다.

둘째 판단력을 길러야 한다. 군중 여론 몰이나 편 가르기, 선동 등에 무분별하게 따라 행동한다면 국가 혼란만 가중시킬 뿐이다. 교육이나 정확한 정보를 통해 생각하고 행동하는 국민이 되어야 한다.

셋째 다수결원리이다. 자신에게 다소 불리하거나 상충되더라도 다수의 의결에 의하여 결정된 사항에 대하여는 따라야 한다.

넷째 질서의식, 준법정신, 더불어 살아가는 인간애가 넘치는 사회이다.

다섯째 투명한 사회이다. 국가 기밀에 속하지 않는다면 투명한 사회가 되어야 한다. 투명 사회가 되면 비리가 숨지 못한다. 그리고 모략이 통하지 않는다고 본다.

여섯째 가짜 정보나 편파뉴스가 없는 사회이다. 옛날 왕권시절에는 유언비어 등을 터뜨리면 역적행위로 간주하여 엄하게 처벌하였다.

요사이 모두가 하나같이 부르짖는 게 있다. 약방의 감초 같은 민주주의이다. 정치에 있어 우리나라에서는 포장지와 같은 역할이 되었다.

우리가 모두 진정한 행복을 추구하는 민주주의로 가기 위해서는 큰 목소리로 외치기만 할 것이 아니라 각자가 민주주의를 이해하고 이에 협력하면서 실천하는 자세가 중요하다고 본다.

신이 존재한다고 보는가

신의 존재에 관해 예부터 많은 논란거리가 되어 왔었다.

나는 결론적으로 신은 존재한다고 주장하고 싶다. 왜냐하면 인간은 태어남과 죽음이라는 것이 있기 때문이다.

잉태부터 새 생명 즉 영혼을 얻고, 죽음으로 인하여 영혼이 육체를 떠난다고 보기 때문이다. 우리가 영혼이 없다면 생각할 수 없고 세상 만물과 교류할 수도 없다. 영혼은 생명을 의미하고 생명은 삶의 기틀이다. 생명이 없음은 바로 죽음을 의미하는 것이다.

먼저 영혼에 대한 이론을 살펴보기로 하자.

아리스토텔레스는 영혼을 다음과 같이 세 부류로 나누었다.

첫째 생혼生魂이며 식물 안에 있는 생명력의 근원이다.

둘째는 각혼覺魂이며 동물 안에 있는 생명력의 근원이다. 첫째 생혼의 기능도 가지고 있다.

셋째 지혼知魂이며 인간 존재 안에 있는 생명력의 근원이다. 둘째 각혼의 기능도 가지고 있다.

아리스토텔레스는 영혼이란 이해와 자유 의지를 가지

고 있으며 영원히 살도록 되어 있다고 보았다. 인간의 영혼은 생명을 활동하게 하는 원인이며, 육체와 결합함으로써 인간이라는 존재를 형성하게 된다고 보았다. 아리스토텔레스의 이러한 관점은 가톨릭교회에서 그대로 수용되었으며 서구의 전통적인 영혼관으로 굳어졌다. 현행 〈가톨릭 교리서〉에도 "하느님은 육체와 영혼으로 된 사람을 창조하셨다"고 되어 있으며 그리고 "영혼은 죽지도 없어지지도 않는다."라고 되어 있다. 가톨릭은 인간의 영혼은 죽음 이후에도 의식 있는 개별적 존재로서 계속 존속한다는 것과 그리스도의 재림 시, 영화롭게 변화된 육체가 영혼과 재결합되어 부활할 것을 믿고 있다. 아리스토텔레스의 질료 형상론은 중세기를 거치는 동안 토마스 아퀴나스를 위시로 그리스도교적 인간관을 정립하는 데 초석이 되었다.

영혼靈魂이라는 말은 쓰이는 곳에 따라 넋, 얼, 혼령魂靈, 영령英靈, 혼백魂魄이라고 사용되고 있다.

플라톤은 영혼이란 육신이라는 감옥에 갇혀 있다고 보았다. 영혼은 삼부三部 구조로 되어 있어서 감각적인 욕정의 원리인 탐욕혼貪慾魂이 복부에 자리 잡고 있고, 용기와 정기의 원리인 기혼氣魂이 마음에 자리 잡고 있으며, 생각의 원리인 지혼知魂이 머리에 자리 잡고 있다고 보았다.

그리고 이 지혼은 불멸의 신적神的인 성격을 띠고 있다고 보았다.

이 원리에서 영혼은 신이라 말할 수 있겠다. 인간은 신과 교유할 수 있는 존재라는 것이 된다.

신의 존재에 대해서도 3가지 이론이 있다.

첫째 신의 존재를 인정하는 유신론이 있다.

둘째 신의 존재를 부정하는 무신론이 있다.

셋째 신의 존재를 알 수 없다는 불가지론이 있다.

영국의 철학자 프랜시스 베이컨은 "약간의 과학은 사람을 신으로부터 멀어지게 한다. 그러나 더 많은 과학은 인간을 다시 신에게 돌아가게 한다."라고 하였다.

신의 존재를 부정하지 못하는 형태는 우리 일상생활 속에 깊게 뿌리박혀 있다. 벼락이나 천둥이 칠 때 사람들은 자신도 모르게 신을 찾는다. 수술대에 누운 이들도 신에게 빈다. 극한 슬픔에 직면하면 본능적으로 하느님을 원망한다.

우리는 죽음을 '돌아가셨다'고 표현한다. 왔던 곳으로 다시 갔다는 뜻이다. 육체는 흙에서 왔으니까 흙으로 돌아가고, 영혼은 하느님에게서 왔으니 하느님께로 돌아간다는 말이다.

신의 존재를 인정하였기에 각종 종교가 생겨났다. 종교가 아닌 조상숭배 즉 제사문화도 마찬가지이다.

신의 영역이 있기에 운명철학이 생겨나고, 각종 점술이 등장한다. 또한 무속인이 있어 신과 인간의 중간적 역할을 말하기도 한다.

신은 영원하기에 천당과 지옥의 세계가 있다고 믿으며, 부활을 믿는다. 불교에서 말하는 윤회와 환생이 있다.

신의 존재 믿음 효과는 인류의 도덕적인 면에서 큰 영향을 미친다고 볼 수 있다.

우주의 오묘한 원리와 지구상에 존재하는 모든 물체나 생명체가 그냥 존재하는 것이 아니다. 나름의 정교한 짜임과 생김새 그리고 역할이 있다. 이런 일련의 과정들이 신의 섭리가 없다면 가능하겠는가?

하늘에서 해가 비추고, 비가 오고 눈이 오는 것, 바람이 불고 어둠이 오는 것 모두가 다 과학적 원리로만 설명하기에는 부족한 게 너무 많다고 본다.

인간도 신이기에 신과 접속할 수 있다고 본다. 그 실례가 꿈이라고 본다. 예감과 예측력, 분위기 감지력 등을 들 수 있다.

블레즈 파스칼은 “신을 찾는 사람은 신을 발견한다. 그리고 발견한 사람은 신을 섬긴다.”고 했다.

안셀무스는 “신은 그 무엇보다 더 위대한 것을 생각할 수 없는 가장 위대한 어떤 것이다.”라고 하였다.

신은 객관적인 실체가 아니라 주관적 믿음을 통해 존재할 수 있다. 신을 믿는 행위는 삶에 방향성을 제공할 수 있고, 혼란과 고통 속에서도 희망을 가질 수 있는 힘을 준다. 이러한 믿음을 통해 세상과 소통하고 자신을 보다 성숙한 존재로 만들 수 있다고 본다.

카라

보라색 꽃잎 안쪽
황금색 무늬가

화려함을 더해
시선이 쏘옥 빨려 들어간다

부드러운 감촉
만져서 확인하고픈 유혹

먼저 알고
사양이라며
고개를 저어 흔든다

골목등

연분홍 삿갓 속에
노란 꽃술 전등

뿜어내는 불빛이
낮은 세상까지 밝히고

어두웠던 마음도 열어
밝은 빛을 비춰주니

설레는 발걸음
골목이 환해졌다

청보리밭

김영성 작품집

초판 1쇄 발행 | 2024년 10월 12일

지은이 | 김영성
사　진 | 김영성
펴낸이 | 고미숙
편　집 | 구름나무
펴낸곳 | 쏠트라인saltline

등록번호 | 제 2024-000007 호(2016년 7월 25일)
제 작 처 | 04549 서울특별시 중구 을지로18길 24-4
31565 충남 아산시 방축로 8 101-502
전자우편 | saltline@hanmail.net

ISBN : 979-11-92139-64-7 (03810)
값 : 12,000원